AF295064

Inte helt hundra
första året på ny plattform

Erica Törnqvist

Förlag: BoD – Books on Demand, Stockholm, Sverige
Tryck: BoD – Books on Demand, Norderstedt, Tyskland
ISBN: 9789176991626

Del 1: Dikterna

Tavlans ögon

Tavlan hänger där på väggen;
tavlan ser allt.

Napoleon, säg vad du har sett?
Berätta för oss,
vad har passerat här inför dina ögon?
Mozart,
vad har du sett, där från din vägg?
Vilka är det som gått förbi
din övervakande blick, Claude Monet?

Tavlan hänger där på väggen;
vem är det på tavlan?
Tavlan hänger där på väggen,
tavlan ser allt.

Ett givet ögonblick

Ett givet ögonblick,
är av Gud givet ögonblick.

Det läggs i din hand,
se'n så är det ditt.
Ett givet ögonblick
är av Gud givet ögonblick.

En långsam ögonblinkning;
-så långsamt går det ögonblicket!

Ett givet ögonblick,
är av Gud givet ögonblick.

Ensam vid en busshållplats

En ung kvinna,
står ensam vid en busshållplats.
Hon ser ingen,
men alla ser henne.

En ung kvinna
står ensam vid en busshållplats.
Ingen räds henne,
men hon undviker ständigt alla.

En ung kvinna
står ensam vid en busshållplats.
Alla räds henne,
men hon giver alla,
sin enorma omtanke som knappast syns.

En ung kvinna
står ensam vid en busshållplats.
Detta röriga virrvarr av böjda träd,
där alla och ingen räds kvinnan,
får dem att glömma en viktig sak:
nu står hon ej längre kvar där.

Lisa titta' ut genom fönstret

Lisa titta' ut genom fönstret;
och ser ingen snö.
Kretsloppet tycks ha brutit mönstret;
det nya jul är tö.

Solen ligger på,
inget täcks av annat än glitter,
mössa i julklapp vi ej kommer få,
men vi går runt i kortbyxor;
-och fejset fullt av fnitter.

Lisa titta' ut genom fönstret;
-e' det egentligen lite vackert?
Solens glitter
speglar allting i sig själv:
Lisa ser ej nå'n snö;
-kretsloppet tycks ha brutit mönstret;
-det nya jul är tö.

Ännu lyser lamporna

Ännu faller ej nå'n snö,
från taket det ej kan tippa:
Massa storm men ingen tö;
ingen glider från nå'n klippa.

Men ännu lyser lamporna;
-säg, smälter de all snö?
Där uppe på himlen,
faller det ej till marken någon mö?

Alla klarar ej längre nå't av vimlen,
-ännu faller ej nå'n snö.

Vackra tårar

Det finns en flicka som gråter. Hon gråter var gång hon ser det vackra i skapelsen universum. Hennes tårar är klara som kristall. Det speciella med flickans tårar är att alla kan se sig själva genom dem. Dels ser jag min egen spegelbild, dels kan jag se ett scenario med mig själv.

Flickans tårar tvättar rent hennes kinder, och ser dessutom till att alla kan se bra. Flickan gråter vackra tårar.

Rimvers på kvist

En liten minimal björkkvist
går inte att bryta av:
men det blir urtrist, ja visst,
en liten minimal björkkvist
skulle hellre kunna va' min grav.

Men hur blir det av ett träd;
-utan en liten minimal björkkvist,
att det ej kan bli nå't förutom säd,
säden från en liten, minimal björkkvist.

Under träden snöar det

Under Hedens träd faller snön ned:
vädrets makter
kan ej råda nå'n annanstans.

Varför går jag under träden,
om stormen kan ta mig här:
varför tillåter jag mig
att vistas under dessa moln
formade av trädens blad?

Under träden snöar det,
men jag tillåter mig att gå här,
med risk för att fångas upp;
-av stormen.

Den oändliga versen

"Erica, skriv om Mig:
skriv om hur mycket jag älskar dig."

"Erica, skriv om mig:
om mitt hjärta
som bara svämmar över;
av vatten, blod och en uppvärmd passion,
som ligger och får mig koka,
av kärlek till mitt barn."

"Skriv ned vad jag tänker:
Erica, skriv nå't om mig.
Skriv att om mina tankar vore berg,
skulle människan behöva samla luft;
-i tusen år
för att komma till toppen."

"Erica, skriv nu nå't om mig!"

Sovplats

Ett ber jag om;
-att få ligga på din arm:
ett ber jag om;
-att inatt få höra
ditt hjärtas slag.

Ett ber jag om;
-att få ligga på Din arm.
Men Du tillåter inte så lite;
-Herren säger:
"Ligg i min hand istället."

Den ljuvligaste

En av de vackraste jag vet;
-kan inte mäta sig med Dig:
Du är bäst,
du strålar ut ljus.

Den lilla flickan skriver för fullt;
-Du är den bästa i hennes liv!

Att jag inte kan förstå:
Du sitter högt och strålar ljus.
Att jag inte helt kan Dig:
en av de vackraste jag vet;
-kan inte mätas med Dig!

Min plats i Göteborg

Det smakar sött i munnen.
Här är det grönt;
-träd växer åt olika håll,
och skapar en grönskande atmosfär.

Folk skriker av glädje
och eufori;
-här går transporterna fort.
Höger, vänster;
upp och ner;
runt omkring;
-för att sedan stanna på
precis samma ställe.

Det smakar sött i munnen;
grönskan slår ut
åt alla håll;
folk skriker ut sin eufori.
Mitt herrskap, här är mitt Liseberg.

Fågeln

Fågeln sitter på ett fönsterbleck;
tittar ut mot avenyen.
En sådan höjd
från ett pampigt tak,
tänker fågeln.

Kråkorna skriver en bok;
-ett reportage om fågeln.
Gråa kraxar de fram:
sätter sig på ett träd
med varsin post-it-lapp.

Nej, här är allt som vanligt!

Ett enkelt leverne

Morotsjuicen,
-och salt på mina ägg,
salt på mina ägg,
salt på mina ägg.
Morotsjuicen,
och salt på mina ägg.

-Och kexen får ligga underst.

Mask

Att göra sig till för Gud;
-är som att bygga en hög mur,
-mitt framför sitt eget hem:
Det blir lika svårt för människan,
att komma in;
-som för det stora huset
att se vem som kommer.

Att göra sig till för Gud;
-är som att inte dyka upp,
på ett möte:
-det blir svårt för chefen
att känna igen nå'n
som inte finns.

Att göra sig till för Gud;
-är som att klä upp sig,
före läggdags:
-kommer hon hem,
tar hon på sig galaklänning,
kammar till håret,
är detta korrekt?
Ska man sova,

rufsar man till håret där man ligger;
kläderna man har,
måste i tvätten da'n därpå:
-varför ta det finaste?

Att göra sig till för Gud;
-är som att inte komma alls.
-Varför göra sig till?

Ej trafikerande idyll

Här sitter jag,
bussarna far förbi en efter en.
Jag sitter kvar,
halvtimmen går och den far förbi igen.

Här sitter jag,
varje buss som far förbi,
tar inte jag.
Jag bara sitter här.

En sådan ovanlighet,
att bara sitta här:
och se alla busslinjer fara förbi.
Här sitter jag, och njuter;
-bussarna far förbi en efter en.

Ändring

Har jag inte fått nog?
Har jag inte fått nog,
av allt vad människor kan hitta på.
Har jag inte fått nog,
av att ingens relation till nå'n annan,
är densamma som den var.
Har jag inte fått nog?

Har jag inte fått nog;
-skulle jag inte fått nog?
-När allting är raka motsatsen,
till vad det var.

Har jag inte fått nog;
-av att ha fått nog;
av att allt och alla förändras.

Ingenting

Jag kom inte på någonting,
då blev det inte någonting.
Jag kom inte på nå'nting
-då blev det *ingenting*.

Jag kom inte på nå'nting,
då blev det ingenting.
Jag kom inte på ingenting;
-nu blev det nå'nting.

Regnbågsöversikt

Bladen blöts ner,
av det nedfallande vattnet,
men de torkar snabbt.
Solskenet ligger på,
bladen brinner.
-Inte.
Men regnet faller;
och över allt detta ligger en regnbåge;
och ser till att allting,
går som det ska.

Molnet

Ett stort moln;
-ett sömnigt moln.

Ett stort moln;
ett moln som är trött.

Ett stort mörkt moln;
-varför går du inte och lägger dig?

Jag ville drömma

Jag ville drömma,
ligga kvar i min säng
-och falla tillbaka till min värld.

Jag ville drömma;
-inte låta nå'n hindra mig,
när jag faller,
och åter somnar in i min värld.

Jag ville drömma vilket var omöjligt,
inget ville låta mig ligga kvar.
Jag ville glömma allt som var löjligt,
men så hade jag den måndag som var.

Del 2: Novellerna

Förlåtande energi

En mycket mäktig konung satt på sin gjutna trästol och rynkade pannan.

"Är det här allt detta liv kan komma med?", tänkte den mäktige konungen.

Uppenbarligen fanns det knappast något mer än att visa upp sig i media, svara på brev, från människor med åsikter om småsaker, och styra och ställa i landet.

Jag vill ha något mer.

Det gick nästan inte en enda dag utan att känslan dök upp i den mäktige konungens inre. Han kände ett sådant tomrum, ett vakuum utan dess like, som varje dag knaprade på hans samvete och gav honom ett anseende om att vara tjurig och sammanbiten jämt.

Men en dag dök det upp en liten man som skulle förändra livet för den mäktige konungen för all framtid. Det var en kort liten figur, men knubbig näsa och små pepparkornsögon i ett runt och knubbigt ansikte med tillhörande sammanbiten mun, som hade ställt sig nedanför den

mäktige konungens höga podium. Han
började be den mäktige konungen om
förlåtelse för allt orätt den lille mannen
hade gjort.

Efter ett tag hade den lille mannen bett så
många gånger om förlåtelse att den
mäktige konungen sa:
"Är du inte förlåten nu så vet jag inte
vad!"
Den mäktige konungen insåg, framför allt,
att förlåtelse var något han hade alldeles
för mycket av för sig själv, och med tiden
hade den mäktige konungen blivit mer
och mer uppåt, hans anseende
förändrades till det bättre. Allt detta tack
vare en rejäl chans att ge gränslös
förlåtelse till en medmänniska.

Var är fölet?

En student vid ett universitet skulle en dag sätta sig och äta lunch. Klockan var inte tolv än, men exakt vid den här tiden hade Herren Gud bestämt att studenten skulle äta.

Det dröjde inte länge förrän studenten var framme vid kassan, och han beställde en vegetarisk varmrätt.

Just den här dagen hade personalen bakom disken fått i uppgift att skaffa sig en översikt på varje kunds syfte med den beställda rätten, så den äldre kvinnan vid kassan frågade studenten: "Varför vill du ha den vegetariska?"

"Jag behöver det idag", svarade studenten artigt och med glimten i ögat.

Kassörskans ansiktsuttryck speglade en viss förvåning, varpå det nästan genast ersattes av ett leende när hon släppte iväg studenten till att hämta sin mat.

Studenten satte sig ner och beskådade det han hade fått på tallriken. Det var klyftpotatis och en mix av stekta grönsaker, toppat med en mörkbrun sås. Studenten var i full färd med att ta första tuggan, men han kände nu ett påtagligt obehag genom hela kroppen: det här ville han inte alls ha! Plötsligt var han inte sugen på denna vegetariska varmrätt.

Kassörskan hade på något sätt lyckats genomskåda studentens osäkerhet kring dagens lunch, och kom nu fram med sallad på en assiett. Studenten pustade ut. Det var bara det här som fattades – arbetsåsnan hör självklart ihop med sitt föl.

En fyllande glädje

Det är kallt. Det är fuktigt. Den unge mannen sitter i det tomma rummet – av okänd anledning och även med saknad kunskap om hur han kommit dit; det finns varken dörr eller fönster i det mörka och tomma rummet. Ändå silar ett nattligt ljus i havsblå nyans ner från taket. Den unge mannen tittar upp.

"Det finns uppenbarligen ett fönster i det här rummet trots allt", tänker den unge mannen. Han tittar ned på sina händer. De är fulla med skrapsår och den unge mannen anar också viss rodnad. Det besvärar den unge mannen något, att ett par spruckna handflator är det enda han har fått tillbaka efter flera timmar av svepande längs med de fyra väggarna för att hitta ett dörrhandtag, en lönndörr eller något annat tecken på om det finns en väg ut eller inte.

Väggarna är höga. De står tätt inpå varandra, förmodligen är rummet inte större än nio kvadratmeter.

"Är det tapeter?" undrar den unge mannen.

Men det är ingen som svarar. Massor av frågor har börjat cirkulera i hans huvud som i en dans kring julgranen.

"Vart kommer allt vatten ifrån? Vad finns där uppe? Vem har satt mig här? Hur länge kommer jag vara fast här? Kommer jag någonsin komma härifrån?"

De cirkulerande frågorna begraver den unge mannen i en ensamhet som aldrig tidigare gått att hitta – i ett tomt rum som det här.

Men mitt i allt detta grubbel finner den unge mannen ett svar på alltsammans. Jag kan se ett ljus som rotat sig i den unge mannens hjärta: en kunskap om att Gud själv kommer samla ihop den unge mannen, föra honom till sig och lägga sin kraft i honom. Den unge mannen vet vem han ska komma med alla sina önskningar till. Därför finner han inte längre någon tomhet eller kyla i det tomma och kalla rummet.

Den vita blomman

"Vad är det som utmärker den vita blomman?"

Uffe stod vid vasen och kliade sig i huvudet. Det var något som fick de vita blommorna att sticka ut – nästan lysa – men som Uffe kunde inte sätta fingret på.

Både dagar och år gick, men Uffe kunde inte få något svar på de vita blommornas gåta. Han återkom till dem varje år – precis som han i vanlig ordning fick upp ögonen för att varje människa som lever idag fick lov att leva redan efter födseln, att varenda människa på hela jorden är älskad av Gud och att Guds ord är värt att leva för, fastnade han också i vanlig ordning framför de vita blommorna och fick ont i huvudet av allt tänkande.

"Vad är det som utmärker den vita blomman?"

Faktum är att de vita blommorna i vasen symboliserar dig, mig, Uffe och många

fler. De symboliserar oss alla som Guds
barn, värda att älska från den första
sekunden i livet.
Detta kom senare upp för Uffe genom att
han en dag kunde se sitt eget ansikte i en
av blommorna.

Slut.

"Finns han?"

Liselotte hade precis hittat sitt livs kärlek. Hon var överlycklig och visste att han var helt rätt.

Hans armar var kraftiga och varma. Liselotte älskade att luta huvudet mot hans bröst och höra hans hjärtas slag – så rytmiskt att hon ibland ville vara kvar där jämt. Liselotte skrattade varje gång håret på hans huvud släpptes ut och gavs frihet att leka längs med de kraftiga kindbenen. Han var god, hjälpsam och såg Liselotte som just den människa hon var.

Men det uppstod snart problem när hon började berätta för sina vänner om den nye pojkvännen. Vännerna skrattade bort det hela och försökte få Liselotte att försöka släppa killen:

"Han finns ju inte", sa de.

Men Liselotte var säker på sin sak och stod på sig – en handling som absolut inte blev svårare än att stänga ett fönster när pojkvännen fanns där och kunde ge henne rätt.

Liselotte njöt av den stora kärleken och varje dag talade hon om honom med sina vänner. Liselotte struntade fullständigt i vad folk sa till henne, hennes lycka i förhållandet var total. Men snart var måttet rågat för alla i Liselottes omgivning. Hennes familj hade börjat ifrågasätta Liselottes pojkvän:
"Hur kan en bildad person som du vara tillsammans med någon som alldeles uppenbart inte finns?!" frågade de, snart med en mycket envis regelbundenhet. Något misstänksamt fortsatte Liselotte ändå att vara ihop med sin käraste.

Efter en längre tid anades allvaret i Liselottes situation och myndigheterna blandades in för att försöka reda ut det här:
"Snälla Liselotte, släpp din kompis, du vet att varje människa utan sin rätta partner som fantiserar över densamme – som inte ens existerar – aldrig kan förbli klok."
Så sa en i övrigt vänlig utredare från

polisen. Utredaren erbjöd sig till och med att hjälpa Liselotte att hitta den rätte i livet.

Efter en ännu längre tid och ännu mer envishet från Liselottes sida – hon var högt älskad av sin stora kärlek och vilade i detta varenda dag – kunde ingen se några alternativ. Plötsligt satt hon på knä med händerna bakbundna och huvudet mellan två pistoler.
"För sista gången, släpp honom!"
"Aldrig!"

Skottet var det sista som gnagde ner organen i Liselottes öron, efter att allt vad skrik och diskussion heter, nästintill hade brutit ned hennes inre. Men det fanns ingen smärta längre. Liselotte var nu hos den man som hon älskat, som hon följt under så många år sedan de träffades för första gången, det var Jesus Kristus.

Att rengöra sin päls

Jag skulle aldrig njuta mindre om det så hände mig tusen gånger: katten hade lagt sig i mitt knä och efter en stund glidit ned så att bröstkorgen och de främre tassarna låg så mjukt ovanpå mig och mitt täcke. Plötsligt började han också tala med mig och intog en förtroendeväckande kroppshållning.

Efter att ha ställt mig en massa frågor om både det ena och det andra kring mitt intellekt började det liksom lysa i kattens ögon och han frågade mig:
"Vad är viktigast: att hålla ett barn vid liv eller att hålla det rent?"
"Att hålla det vid liv, förstås" svarade jag. Det syntes på katten att han var nöjd med mitt svar, men när jag sedan tillade att ett barn får ett bättre leverne och därmed anses vara mer "levande" om man håller det rent, väste han till. När han hade tagit sig samman, försökte han vinna mitt samtycke på nytt:

"Men om du måste välja mellan att ha ett barn som lever och ha ett barn som inte lever men är rent?"

"Det är ju inte så rent om det inte lever", gav jag till svar, och katten började bli lite irriterad igen:

"Men om barnet du har, som lever, inte tål vatten då?"

"Det har jag ju redan". Jag log och såg min katt i ögonen. Som om han lyckats läsa av mina tankar, började han spinna. Jag lade armen om honom och frågade:

"Vad tänker du på egentligen?"

Liv till övers

En späd planta, ja ett rotskott, satt i marken och mådde otroligt bra. Den fick vatten, inte bara så mycket som den behövde, utan själva vetskapen om att vatten alltid fanns där gjorde den späda plantan, rotskottet, lycklig i att leva.

Det forsande vattnet som rann längs med den späda plantan var tillåtet för alla att dricka av. Den späda plantan ägnade knappast dagarna åt något annat än att insistera alla människor på att ta del av gemenskapen och den svalkande törstsläckaren.

Det var många människor som anlände till platsen för att dricka det evigt rinnande och evigt svalkande vattnet och det räckte till alla på jorden. Men det fanns ett problem: alla människor på jorden kom inte, det blev vatten över åt den späda plantan. Till slut blev den dränkt. Den våta jorden begravde den späda plantan.

Men, när allting såg som mörkast ut, började något att röra sig under jorden. Snart växte det upp en planta på samma ställe som där den späda plantan tidigare hade varit. (Dock var det ingen som visste att dessa två var en och samma planta.) Plantan växte sig större och större, tills den kunde nå upp till himlen med sina långa trädkronor. Folk började klättra, sedan fanns det inte en människa som saknade hopp om evigt liv och lycka.

En obegriplig direktör

En betjänt, hos en mycket välbärgad direktör som bodde i en slottsvilla, gick en dag till jobbet. Han var glad. Sedan den dagen han något nervöst rört sig mot slottsvillan för sin första arbetsdag, hade han numera alltid ett leende på läpparna när han vaknade på morgonen.
Betjänten hade inte bara fått anställning hos direktören, han hade också blivit kallad "direktörens vän" och fått ett eget rum i slottsvillan.

Klockan var nu strax före sju, arbetsdagen skulle snart börja. Betjänten gick sin vanliga runda, i parken som låg runt själva slottsvillan, inför den krävande, men mycket givande arbetsdagen.
Sedan gick han in i slottsvillan och det första arbetspasset började.

Det enda som egentligen satte käppar i hjulen för betjänten, var att direktören han var anställd hos hade ett sätt att hantera sina betjänter på som stack ut i mängden. Istället för att säga åt varje betjänt att laga mat och vänta med sin måltid tills efter att direktören var klar med sin, visade direktören in betjänten till sin matsal, och de åt tillsammans varpå de sedan pratade oväsentligheter i flera timmar.

Så här var det under alla måltider på dagen. Utöver det visade direktören tecken på stort intresse och var dessutom stort imponerad över betjäntens arbete.

"Utan dig hade mitt hem rasat ihop som ett korthus i blåsigt väder!" brukade han säga.

Nej, det här var verkligen inget hinder för betjänten. Vad som var det verkliga problemet var att alla människor betjänten mötte, uppenbarligen aldrig kunde förstå sig på direktörens tankegångar. Vissa hade till och med en helt motsatt uppfattning:

"Men är inte den där direktören väldigt sträng mot dig?" hade betjänten hört av flera människor.

Så gott som alla hade den uppfattningen

om direktören; att han var instängd i sig själv och i sin slottsvilla, inte ville prata med någon och var arg hela tiden på alla. Hur mycket betjänten än försökte övertyga dem och få dem att ändra inställning, förblev hans underbara leverne i direktörens närhet, som en av de största hemligheterna vi kan hitta på jorden idag. Denna hemlighet delade betjänten med sina kollegor som tillsammans tjänade direktören dygnet runt.

Och direktören var Gud själv.

De sökande

Det förutsades en gång att ett ljus skulle komma till staden. Nyhetsankare och reportrar hade talat i flera dagar om ett, bokstavligt talat, skinande ljus som skulle synas på himlavalvet, ingen visste vilken dag, men alla visste att det skulle komma.

När nyheten kom för första gången var det många som blev nervösa. Vad skulle man tro? Vem skulle man vända sig till i det läget? Lika väl kyrkpräster som imamer och buddhistiska munkar såg tillfälle att göra sin röst hörd, och började öppna sina armar varpå folket strömmade till och satte sig in i det samfund var och en tyckte verkade bäst och hade mest sanningsenlig tro på det gudomliga, övernaturliga.

Så kom ljuset. Det antogs att det var det starkaste ljus någon någonsin hade sett. Och ingen, vare sig kyrkprästerna, imamerna eller de buddhistiska munkarna kunde visa sig ha "rätt". Nej,

Gud själv kom ned och skapade sin egen församling av de människor på jorden som uppriktigt sökt honom och tillbett honom i Ande och Sanning.
Dessa människor kunde nu leva ett liv tillägnat Gud och hjälpa andra att komma till samma tro på Ljuset.

Avliden

Bosse befann sig i en rymd, där det inte hände någonting. Det fanns ingenting, bara mörker.

Det var becksvart, ingenting fanns. Inget medvetande, inga känslor – inte ens några tankar. Inte ens Bosse själv existerade.

Långtradarolyckan som blev Bosses absolut sista händelse i livet, hade varit mer skrattretande än tragiskt för Bosses del vid det här laget. Men eftersom han befann sig i en rymd av absolut ingenting, och inte existerade själv – varken fysiskt, mentalt eller andligt – kunde han alltså inte tycka detta. Och eftersom han inte gjorde det, kunde han inte märka något som hände – eller snarare inte hände – där han var.

Bosse kunde inte veta något, nu när han var avliden. Han hade kommit bort från världens lidande, men han kände inte heller någon glädje över detta. Han kunde inte känna någon lättnad eller påfrestning, trygghet eller otrygghet. För som sagt, han var obefintlig i en icke existerande rymd där ingenting heller fanns.

Men vi som lever idag skulle också kunna beskriva Bosses tillvaro som något i likhet med abstrakta mönster och krumelurer utan varken mål eller mening. En väntan. Väntan på att något *kanske* skall hända. En väntan på Godot. På att fredagen skall komma när alla klockor har stannat på en måndag. På SJ:s snabbtåg under vinterhalvåret.

Bosse kunde alltså inte tänka på ovanstående sätt. Han varken låg eller stod, satt eller gick – i denna rymd som i likhet med honom inte alls existerade.

Ingenting fanns. Hur är det då ens möjligt att skriva om en sådan här sak?

En enslig tankegång

En äldre man satt och tänkte. Han tänkte på hur hans liv hade varit om något i det var annorlunda.

"Det hade väl varit annorlunda", sa han till sig själv. "Men på vilket sätt?"

Denne tänkande man satt alltid för sig själv och funderade. Han begrundade sitt eget liv in i minsta detalj och uppmuntrade sig själv att vara tacksam för vad han hade. Han hade varit med om en hel del prövningar i sitt liv och med ålderdomen hade även vishet kommit till honom.

Men det hände snart igen saker med den tänkande mannen som fick honom att tvivla något. Människor i området intill den tänkande mannen började oroa sig för hans instängdhet.

Att den tänkande mannen också *var* isolerad – om än på inte samma sätt som man i första taget tror – var sant. Han hade låst in sig, och ingen visste vad han höll på med. Vissa frågade sig till och med om den tänkande mannen fortfarande levde.

Ryktena gick runt, men den tänkande mannen hade på djupet en obeskrivlig frid inom sig. Det han jämt satt och tänkte på var nämligen alldeles för gott för att sätta jämte något av världens oro: han var räddad från döden.

Myran

Det sitter fast en myra på taket till en beige lägenhetsbyggnad i centrala Göteborg. Den har ett tallbarr mellan käkarna och ligger med en piedestal under magen.

Det har gått åt ganska mycket möda för den här myran när det gäller att komma så högt upp.
Jag kan särskilt minnas att den fick äta väldigt mycket under klättringen. Sova fick den göra i en säck av blad på väggen.
Myran blev väckt av sin egen hunger tre gånger varje natt. Det fanns en röst inom myran som sa åt den att äta för att vidare klara av en minst sagt vertikal färd mot målet.
Flera gånger hade myran även sagt:
"Jag orkar inte längre, nu ger jag upp!"
Ändå hade den fortsatt uppåt, då den inte hade kommit på vem denna färdriktning skulle gå till istället. Myran hade till och med fått sina små fötter tvättade av en

vacker kvinna som gråtit över dem, torkat med sitt hår och smort in i en oemotståndlig olja.

Därefter hade myran kommit upp på toppen, och sitter nu där, till synes tämligen nöjd med livet. Något som är säkert är att denna myras historia kan sammanfattas i följande konstaterande: envishet räcker långt.

Hemligheten

Det finns en hemlighet, bland de religiösa vi kan hitta här och idag. Det är en underbar hemlighet, men bara de som tagit på sig ansvaret och gått in i vad som i övrig folkmun kan kallas för "sekt", vet vad denna hemlighet går ut på. Resten vet inte ens om att den finns.

En man i övre medelåldern som tituleras herr Eriksson, sitter och tänker på fenomenet med "religiösa sekter", och lägger pannan i rynkor utan att egentligen mena något med det. I skrivande stund ler undertecknad författare åt herr Erikssons tafatthet: att han aldrig kan förstå!

"Hur bär de sig åt egentligen?", funderar herr Eriksson.
Han har både sett det ena och det andra inom denna "religiösa sekt", och förundras över alla dessa människors en-vishet – samtidigt som all världens ondska i sin fullständiga enhet, far förbi både

deras och herr Erikssons ögon.

Herr Eriksson har sett människor med tjocka biblar i famn, talandes om Guds egen vapenrustning – utan att själva bära något mer.

"Vi slåss inte mot människor utan mot ondska!" har han hört.

"*Vad det nu kan betyda.*" har han sagt till sig själv.

En dag bestämmer sig herr Eriksson för att gå med i den "religiösa sekten" - för att ta reda på vad som försiggår – och på en gång får han en helt annan bild av deras tro en hän någonsin har haft: en Gud som öppnar alla dörrar och skyddar alla som tror på honom mot onda ande-makter. Hemligheten om Guds godhet är uppenbarad för en person till: herr Eriksson lever med den än idag.

Inte fullt tillfredsställda

Det var en gång en kristen skolgrupp som satt i ett bönerum med sina mobiler uppe. Det var en ny grej bland de unga kristna, och alla i gruppen tyckte om vad som stod i mobilerna.

Det hände sig en dag att universitetet där den kristna skolgruppen höll till, införde en sträng regel att samtliga studenter på alla fakulteter skulle gå ut efter lunchen för att få frisk luft. Inget konstigt i detta, tyckte de flesta studenterna. Vissa tyckte väldigt mycket om detta införande och nyttjade med glädje storstadens speciella luft.

Också universitetets kristna skolgrupp följde regeln och fann när de kom ut för första gången, något tunt och hårt ligga på marken – som ett lager rimfrost.
"Vad är det här?" frågade de varandra, eftersom de inte visste vad det var. Att försöka få svar på detta genom att fråga

varandra blev därför problematiskt, men en av universitetets högre chefer kom fram och förklarade:

"Det här ska ni äta."

Den kristna skolgruppen började äta, och blev snart vana vid den nya vanan som regeln på något sätt tvingade fram.

Detta var en till synes ganska harmlös regel, men det något mer robusta i sammanhanget låg i följden av att inte lyda regeln. Den som ertappades med att inte gå ut efter lunch fråntogs rätten att läsa sin kurslitteratur. Det var enbart rätten till läsningen som fråntogs den skyldige, detta till följd av att eftersom studenten ifråga hade köpt eller lånat kursböckerna och diverse digitala medel, på egen hand, hade s k "beslagtagande" av allt detta räknats som stöld. Universitetet hade ingen rätt att ta någonting från studenterna, särskilt inte kursböcker o dyl.

Efter en tid började den kristna skolgruppen inse det något mer negativa med universitetets nya regel: den resulterade inte i samma tillfredsställelse som de tidigare stunderna i bönerummet. Därför gick de smygandes iväg till bönerummet, och kände en obeskrivlig lättnad i bröstet när de, efter flera veckor i stor abstinens, tog upp sina mobiltelefoner igen. Det dröjde dock inte länge förrän de blev avslöjade. En ung man stack in sin spetsiga näsa i bönerummet och höjde ögonbrynen utan att egentligen vara förvånad över någonting. Men han frågade:

"Vad gör ni här?"

"Tittar i våra mobiltelefoner", sa en ung blond kvinna i tjugoårsåldern.

"Varför det?" undrade den spetsnäste studenten.

"Det är det bästa vi vet", fortsatte den unga kvinnan.

Samtalet pågick i flera minuter därnäst, och studenten med den spetsiga näsan luftade alla funderingar han visade sig ha, egentligen. Det pågick en i sällsynta fall funnen diskussion om att prioritera en

stund i bönerummet med mobil-
telefonerna i hand och risk att bli av med
all sin läsning. Men till slut sa den unga
kvinnan:
"Hellre en förvirrande föreläsning för
mycket, än ett Guds ord för litet."

En överraskande skribent

En kulturskribent i den lokala tidningen hade plötsligt slagit folk med fasa. Närmast en överraskning, nästintill en hjärtstartande händelse, hade slagit ner under rubriken *Jag vet vad dig skall hända*.

De flesta som läste artikeln blev ängsliga över innehållet, där bland annat en mans sömnproblem förutsades skulle bli oförändrade om han inte skärpte sig, och där en kvinnas vuxna söner snart skulle bli ännu äldre. Resten av de som läste artikeln hade bara läst den en gång. De förstod att det egentligen inte fanns någonting att vara rädd för.

Men via dem som läste artikeln flera gånger, gick alla möjliga och omöjliga rykten om vad mer som kunde utläsas i artikeln. Snart hade landets mest aktade forskare kommit fram till att flodhästarna inom ett år, skulle resa sig och gå på bakbenen och agera som vanliga människor. Det skulle dock bli ganska svårt för dem att ta sig in i skådespelarbranschen, tillade forskarna.

Efter en tid kom man även fram till vilken dag jorden skulle gå under. Det här var det stor hysteri kring under en tid, tills forskarna hade upprepat det så många gånger att folk slutade bry sig.

Efter många år hade nästkommande generation vuxit upp: de som lärt sig av sina föräldrar att artikeln är så lättförståelig att det räcker att läsa den en gång om man förstår den, ställde sig mot dem som läste och begrundade artikeln ett flertal gånger för att lära sig ännu mer.

Efter ännu fler år hade dessa två, självindelade grupper, fullvuxna barn med varandra. Vad som var viktigast för denna generation var vikten av att begrunda artikeln på rätt sätt så att inte fel slutsatser skulle dras. Så snart *denna* generation hade fått utrymme att tala mer djupgående i detta, släppte forskarna alla sina kommande förutsägelser om datum för jordens undergång, och detta glömdes bort helt. Skribenten för artikeln hade vid det här laget varit avliden sedan länge, men den nya generationens forskare blev helt säkra på att förutsägelserna i artikeln bara handlade om att få läsarens uppmärksamhet. Men vad handlade artikeln om? Jo, det berättar jag vid ett senare tillfälle.

Krisen

Det var en gång ett land, sekulariserat men ack så centrerat vid religionsfrihet och vid religiösa traditioner.

Här ville alla varandra väl, verkade det som, och alla kunde alltid se något positivt i allting som, på ett eller annat sätt, lade ett tunt mörker över landet. Tyvärr hade landet också en tendens att göra tvärtemot vad som skulle göras när det blev kris. I denna historia kommer ett sådant exempel dras.

Det hände sig en gång att landet hamnade i en stor hungerkris. Tiotusentals barnfamiljer gick plötsligt hungriga på gator och torg från norr till söder i landet och det fanns inte mycket man kunde göra – mer än att producera mer mat och sänka priserna.

Som vanligt fanns de som försökte se något positivt i denna tillvaro.

"Det är bra för magen att vara hungrig ibland", kom de fram till. Men när det sades på nyheterna att flera tusen barn hade svultit ihjäl sa inte de positivt tänkande så mycket mer.

Efter det här blev det bråttom att försöka lösa hungerkrisen. Oturligt nog var precis det här vad man kunde kalla för landets svaga sida. Istället för att öka matproduktionen och sänka priserna, lät regenterna uppmana alla verksamma vid slakterier och fabriker att behålla samma tempo som innan, och som ett resultat av den stora efterfrågan på mat steg matpriserna i högan sky. Men den stapeln gick knappast att klättra upp på till det bättre.

Alla på en

Det var en gång en student vid ett universitet. Hon blev ofta utsatt för hot och alltjämt våld under de allra flesta veckodagar. Vart hon än gick blev hon spottad på, knuffad åt sidan och nedbruten i sitt inre av alla elaka kommentarer som for ut ur omgivningens alla munnar.

Studenten hade även blivit med många negativa rykten, och även anklagad för flera fruktansvärda brott som hon aldrig ens hade begått.

En dag gick det överstyr. Studenten hade fått många människor emot sig, och ingen tycktes vilja tala till förmån för henne. Det hela slutade med att hon dömdes till livstids fängelse – för några av världens grymmaste brott som majoriteten av all befolkning i landet visste att hon var oskyldig till.

Men det fattas en pusselbit i detta drama:

den dagen hon blev gripen, mitt bland allt folk i en stor massa, valde hon ut sina allra sista ord till allmänheten:
"Jag förlåter er."

Glaset

Igår fick jag mitt glas urdrucket. Av en blomma. Jag hade ställt vattnet vid fönstret och behövde använda bägge händer för att öppna balkongdörren. Jag vek av från glaset med blicken under en knapp sekund, varpå jag tittade ner i glaset och fann att det var alldeles tomt.

Av ängslighet för att få in en kråka eller en fiskmås i vardagsrummet stängde jag balkongdörren efter mig. Därefter gick jag, något förbryllad, bort till köket och fyllde på glaset igen. Jag gick tillbaka till vardagsrummet, ställde glaset vid fönstret, tittade på handtaget till balkongdörren en stund, och så var glaset tomt igen.

Jag gick bort med glaset en gång till och fyllde det återigen med vatten. Något irriterad över situationen funderade jag också över vilken möda man plötsligt skulle behöva gå igenom för att ta ett glas vatten på sin balkong.

Jag kom tillbaka till fönstret igen och ställde glaset på samma ställe igen, vetskapen om förmågan att upprepa sig hos saker och ting låg något långt bort från mitt minne under just den timmen.

Den här gången hann jag knappt blinka innan glaset var som maskindiskat.

Jag listade senare ut att det faktiskt var en lilja vid fönstret som hade böjt sig fram över glaset och sörplat upp vattnet alla gånger utan att jag har märkt det. Jag blev förvånansvärt arg på den lilla blomman och krävde en förklaring. Efter en längre utläggning av den förklaringen från blommans sida, gick jag bort till köket, gjorde samma sak som tidigare och tilläts sedan ha vattnet för mig själv. Natten till idag präntades ett ordspråk in i mitt huvud som förhoppningsvis kommer göra min vardag lite enklare:

"när växterna är törstiga så dricker de."

Ett rikare liv

Att vara i närheten av min herre, och initiativtagaren till hela min existens, är som att för en stund bortse från allt ont alla vi människor råkar ut för på denna vår jord – jag bortser från allt detta och fäster istället blicken på Jesus. Nu skall jag berätta om den gången han tog min plats på korset.

Jag kan än idag känna hur det svider till i handlederna när jag tänker på det hela. Flera gånger har jag sett förvridna ansikten – flera meter upp – och gnistor i ögonen som undan för undan slocknat med den straffade personens liv.
Jag hade känt Jesus sedan länge. Det jag var mest rädd för – och på samma gång minst orolig för – var att förlora honom. Det var bara i mardrömmarna som detta kunde hända. Han älskade mig. Jag var som en yngre syster för honom, han var min källa till liv. Än idag kan jag – oftare än på den tiden – känna precis så.

En dag sa han till mig att han ville visa mig något. Han tog mig vid handen, och vi gick länge på en grusig gångväg.

Till slut var vi framme, och på platsen dit vi kom var det alldeles tomt. Bara ett sju meter högt kors stod där, på en upphöjd punkt i marken. Jesus satte sig på huk framför mig och tog mina händer i sina. Sedan berättade han om min dödsdom, som jag vid det laget inte hade hört något om innan. Tydligen hade jag blivit anklagad i min egen frånvaro för ett mycket grovt brott.
Jesus berättade vad jag var dömd för, sedan frågade han:
"Får jag ta din plats?"

Jag visste att jag inte kunde svara nej på den frågan. Det var redan bestämt. Nu var det hela dessutom verkställt. Efter att i flera timmar förvridit hela sitt väsen, gav han till slut upp andan, och dog. Jag fick mycket svårt att sova den natten.

Och idag, ett par tusen år senare, lever vi två ett fantastiskt liv rikt på möjligheter och inspiration. Han har levt så länge, själv vet jag att ingen av oss två någonsin kommer att dö.

Mannen med svagt hjärta

En man i övre medelåldern som arbetade på ett jordbruksområde, hade den mycket speciella egenskapen att han jämt gick runt och oroade sig för allting. Det gick nästan inte en enda tid på dagen utan att han hade någonting att oroa sig för.

Det började redan på morgonen. Vad mannen såg fara förbi huvudet som en första tanke för dagen, var att hans säng skulle gå sönder om han inte steg upp. Förutom vad han hade till sitt förfogande i kylskåpet och så vidare, var frågan om vilka kläder han skulle ha på sig en av de följande saker som gav hans allt svagare hjärta varsin örfil per dag.

Upptagenheten   mellan   tio   på förmiddagen och två på eftermiddagen gjorde att mannens andra "orosmoment" för dagen inte framträdde förrän strax därefter. Då var det dags att oroa sig för gården. Hur skulle det gå för den?

Mannen funderade alltid över vad som skulle hända med gården efter hans död, eftersom det inte fanns någon i hans närhet som kunde ta över den.

På kvällen oroade sig mannen i övre medelåldern över sitt eget liv. Han var strax över sjuttio och relativt pigg och rörlig för sin ålder. Förmodligen skulle han få leva i många år till.
Han hade inte bildat familj under sin levnad, och var således den enda i sin släkt som kunde ta hand om jordbruksarbetet. Hans äldre släktingar hade gått bort, en efter en. De som fanns kvar hade ingen fysisk förmåga kvar att befatta sig med det arbete gården krävde.
Mannen ängslades också över vad som skulle hända med honom när han dog. Tankarna pendlade också till vad Herren skulle säga den dag det var den här mannens tur att ställa sig inför tronen. Han trodde på Gud, men oroade sig ofta över eventuell otillräcklighet – av helt okänd anledning.

Efter många år innehållande många dagar, i den ordning som just framställts, blev mannens hjärta allt svagare. En hjärtinfarkt tog slutligen livet av honom.

Plötsligt stod han inför tronen, varpå all oro i världen for förbi för att sedan försvinna utom synhåll.
Frågan om – och framförallt svaret på – vad all mannens oro skulle vara så särskilt bra för egentligen, läkte mannens hjärta helt och hållet och han kunde gå in i den eviga frånvaron av stress och oro.

"Jag vet vad dig skall hända"

[Novellen som följer syftar till vad kultur-skribenten i *En överraskande skribent* faktiskt hade för innehåll i sin revolutionerande artikel som upprörde många. Vi ska se den ur ett par helt vanliga människors synvinkel som läst den, men oklart är fortfarande om de bara nöjde sig med att läsa den en gång eller om de begrundade den.]

De två bröderna, bröderna Jansson, tillhörde generationen som ville tolka den sedan länge skrivna tidningsartikeln av den sedan länge avlidne kulturskribenten, i enlighet med den princip och det faktum att rätt slutsats kan dras när rätt tolkning har genomgåtts.

Artikeln handlade om en hoper fräsa chefer som diskuterade vem av dem det var som ägde mest. Det första spåret de kom in på var vem som hade mest kunskap i sin ägo.

En förste visste att hans och hans hustrus pojkar snart skulle bli ännu äldre.

En andre visste med full säkerhet att han skulle bli mycket allvarligt sjuk om han slutade ha sitt välmående i bakhuvudet, såsom man bör.

En tredje frambar sin vetskap om att mjölken skulle bli dyrare om ekonomin blev sämre på ett håll. Då klev en fjärde in i resonemanget och förklarade att en riktig framtidsvetare inte lutar sig mot sådana principer, men själv sa han att alla skulle komma att omkomma om jorden gick under.

Så småningom började de prata om vem som hade mest omtanke om alla gemensamma anställda. Den förste chefen var noga med att de anställda mådde bra på arbetsplatsen och att de tog rast när de behövde. Den andre chefen hade man att tacka för den skyhöga lönen; det viktigaste för den här chefen var att ha kvar de anställda så länge som möjligt vid företaget. Den tredje ville bara att alla skulle vara snälla mot varandra.

Men vad som fick den fjärde chefen att sticka ut, i mängden av alla dessa hajar inom företagsverksamheten, var hans löften. Inte nog med att han gav dessa stora löften;
- hundra procent av dem gick alltid i uppfyllelse.
Intet ont sagt om den här chefen, den s k "förutsägelsen" angående jordens under-gång var bara ett skämt han endast använde den gången för att ta ner sina medarbetare på jorden igen och låta dem höra hur dumt det låter, när man bara ser in i framtiden med hjälp av de logiska principernas glasögon. Den här fjärde chefens löften hölls alltid av honom själv, och företaget hade nått stora framgångar, till största delen tack vare honom.

Kulturskribenten hade ett mycket originellt sätt att skriva på, artikeln började med ovanstående story, och avslutades med en uppmaning att observera på vad "framtidsvetarna" byggde det de kunde "förutse".

De två bröderna Jansson såg på varandra
efter att de hade läst artikeln.

De var två akademiker och mycket
intelligenta personer. Deras utbildning
byggde på uppmaning till rätt tolkning av
fenomen som den här tidningsartikeln,
och huruvida de läste den flera gånger
eller inte var en hemlighet.

Uppifrån berget

[Novellen som följer är ett slags fördjupning av den lilla romanen *Ett oväntat besök*. Vi får höra om dottern i huset, Emilia, och hennes rika och vad många skulle kalla hennes bortskämda liv i den mycket rika familjen.]

Emilia kunde inte tänka sig något som var bättre än det liv hon levde. God mat så gott som vid varje veckoslut, ett fantastiskt stort hus där hon kunde gå vart hon ville – och massor av vänner. Göte, hennes pappa, stod för så gott som hela hennes livsstil. Han ägde ett företag med en, sedan många år tillbaka, mycket god ekonomi. Årslönen är alldeles för benägen att få oss byta ämne för att ta upp här.
Och, bäst av allt: Emilia gick sin dröm-utbildning vid gymnasiet.

Det hände sig vid början på en väldigt tuff period i skolan, att Emilia gick in i en viss depression. Läxor sköts upp, icke godkända skolarbeten och examinerande uppsatser for upp framför Emilias tårfyllda ögon och hon vågade inte tala med sin pappa om framtiden, trots hans givmilda läggning.

Hon började snart också att inse sin gynnsamma situation och framförallt på att hon var ensam i sitt kompisgäng med att vara ekonomiskt oberoende utan att, bokstavligt talat, ha vunnit på lotto.

Sedan en lång tid tillbaka, hade Emilia vetat att familjen haft änglar i huset vilka skapade något som kunde likställas med ett vinddrag, med sina stora och breda vingar.

En av dessa änglar tog en kväll med sig Emilia upp på ett högt berg med utsikt över en stor stad. Emilia kunde inte annat än att känna sig tillfreds när hon fick höra den massiva ängelns kloka ord:

"Du, som oroar dig för allt ansvar som lagts på dina axlar i samband med studierna: var glad att du inte har en sådan stor stad som den här att hålla reda på!"

Till rätt läsarkrets

Det var en gång en författarinna som inte hade några läsare av sina storverk. Hon hade sysslat med skrivande i över tre år och i skrivande stund hade hon givit ut textsamlingar under nästan ett helt år. Hon var berikad med fler titlar – på kortare som lite längre och mer omfattande noveller, dikter och monologer – än hon orkade räkna, eftersom hon inte alls var matematiker.

Författarinnan hade stora drömmar om en framtid av skrivande på heltid. Hon ville söka stipendier för sin framgång för själva *skrivandet*, hon mätte sig gärna med en viss person, en man som var över fyrtio år äldre än henne själv, en stor inspirations-källa och förebild. Men under hela sin karriär så här långt – som hade sin start i slutet på sjuttiotalet – hade han endast givit ut en enda skönlitterär textsamling.
"Inte så pjåkig" brukade författarinnan tänka med glimten i ögat, *"men inte lika*

många som mina egna."

Författarinnan innehade en mycket speciell vana i sin vardag, då hon med jämna mellanrum fick besök av Jesus. Det var en mycket god vän till författarinnan och de jobbade ihop.
Varje gång de träffades fick författarinnan ett slags nyhetsuppdatering från himlen, där Jesus redovisade för henne hur många änglar som hade inhandlat och läst varje utgiven bok, varpå han, som alltid, sa till författarinnan hur mycket de alla, inklusive Fadern själv, längtade till den dag hon skulle komma till det stora riket och bli belönad för sitt hårda arbete på jorden med författandet.
Efter mötet for Jesus upp i en ljus öppning på himlen, varvid en stor här av änglar sjöng en lovsång till Gud.

Varje tillfälle av det här slaget fyllde författarinnans hjärta med stor glädje och känsla av trygghet. Hon fortsatte att skriva, eftersom det var det hon var bra på och såg mycket fram emot mötet med alla änglarna och Fadern.

Något annat

Jag hade en dröm inatt. Utan handling, utan konkreta föremål, utan människor.

Jag drömde om mönster; den sorten jag aldrig kommer kunna nå med mina händer.
De var högt upp. Jag stod plötsligt med en grön mark under fötterna. Gräset var mjukt, det omslöt mina fötter och jag kunde nu konsumera den friska luft som svepte över hela omgivningarna. På himlen flög fåglar. De dansade kring och emellan de abstrakta mönster på valvet som fortfarande dröjde sig kvar.

Drömmen var inte längre utan allt det välkända. Allting fanns.
Gräset hann omsluta mina fötter ytterligare. Vinden hann dra igenom mitt hår. Det här hände innan jag vaknade och insåg att fönstret var öppet, tavlorna hängde på väggen och att min katt låg och sov i fotändan.

Till mission

Var det något abstrakt, var det mönster?
Mönster som alla kunde se och förstå men
inte röra vid? Var det rörliga mönster?
Ja, det var det.

Dessa mönster rörde sig i eld; lågorna låg
och slickade dessa mönster som vasst
slipade knivar. Inte heller denna eld
kunde någon röra vid. Alla förundrades
över dessa mönster, och tog till sig dem i
sitt hjärta.

En tid senare rörde sig fortfarande dessa
mönster i elden. Ingen kunde ta på dem,
ingen kunde se dem – därför att alla var
längre ifrån dessa mönster, men hade
närmre till andra människor.

Reserverad plats

Mitt i centrala stan stod en teater som alla gick till. Det var en ytterst ideal teater med en underbart vacker exteriör, trivsamma lokaler innanför sina ståtliga portar och alltsomoftast gästades den av artister som var mycket folkkära.

Kvällen för en storpremiär hade kommit till teatern, och biljetterna till denna var slutsålda till sista plats. Musikalisk ensemble och alla artister som skulle medverka var precis lika förberedda inför denna föreställning som de hade varit inför alla sådana som hade framförts före den här. Portarna öppnades.

Publiken gick in i salongen och möttes av att skyltar för reserverade platser hade placerats ut – på varje stol i hela salongen. När de tittade närmare såg de också att det stod ett för- och efternamn på varje sådan skylt. Det visade sig sedan att dessa namn som stod i svarta bokstäver mot guld på dessa skyltar tillhörde var och en som befann sig i salongen denna kväll. Så fort var och en hade hittat sin plats och satt sig ned, kunde föreställningen börja.

Efter premiären började det skrivas om denna ambitiösa intrig med reservplatsskyltarna. Så gott som i varje tidning kunde man hitta en artikel om "reserverade stolar i salongen till biljettinnehavarna", och detta väckte naturligtvis frågan om varför – hos såväl åskådare på teatern som hos journalister. Därför bestämde sig personen bakom idén för att en kväll, när det hade blivit dags för TV att spela in föreställningen, berätta anledningen för alla.

Ljuset i salongen släcktes, och en spotlight lade sig på ridån. Fram kom en man i dryga sextioårsåldern, klädd i svart skjorta, vita byxor och ett vänligt leende ansikte. Han sträckte fram händerna framför publiken och sa:

"Kära publik. Det har förekommit mycket grubbel kring det vi på den här teatern har offrat en del av vår tid, våra pengar och vår energi till att göra med era platser, och jag står här ikväll för att svara på varför med en följdfråga. Den lyder: har man biljett och därmed en plats i salongen, till exempelvis kvällens föreställning, förtjänar man då inte att bli påmind om att man sitter på en plats som faktiskt *är* reserverad för en, eftersom man har biljett?"

Mannen gjorde en konstpaus, varpå en mindre applåd hördes från publiken. Mannen fortsatte:

"Kort sagt, vi har gjort på det här viset ända sedan denna scenproduktions premiärkväll, av den enkla anledningen att varje plats *är* reserverad för var och en som har biljett. Vi vill bara påminna er, vår kära publik, om att det är just så."

Efter det här blev teatern så mycket populärare att gå till, och med anledning av sin uppenbara omtanke till publiken, utsågs ensemblen som drev teatern till de mest folkkära i hela landet.

Slut.

Saknad skatt

Det var en gång ett stort företag som inte betalade skatt. Det stora företaget var så stort att enbart alla andra stora företag, som inte heller betalade skatt, kunde mäta sig med det.

Företagschefen var mycket nöjd med företagets goda ekonomi och hälsa i övrigt, vilket medförde att han bagatelliserade det stora företagets skattesmitning. Han menade rentav att landet behövde ett stort och tryggt företag för att dels ha så höga siffror som möjligt när det kom till summa intjänade pengar på en viss tid, dels för att ha stabila jobb som potentiella anställda – det vill säga meriterade personer som jobbat länge och därmed förtjänade ett sådant perfekt arbete vid ett av de största företagen – kunde söka och få.

Men det stora företaget betalade inte skatt, följaktligen var det någonstans som dessa pengar saknades. Platsen varvid skattepengarna från det stora företaget saknades, kallades för skatt-måsen, av den enkla anledningen att skatt-måsen inte kunde sluta skrika förrän *alla* skattepengar, från såväl privatpersoner som företag, hade kommit in. Skatt-måsen gapade och skrek på det stora företaget och intalade utöver detta det stora företaget att ingen ansedd ville anställas av ett stort företag när det inte betalade skatt.

Skattepengarna var ovärderliga, och för varje skattepeng som kom in jublade alla som fanns i skatt-måsen.

Från det stora företaget kom dock inga skattepengar. Trots detta fick det fortsätta, precis som alla andra av de stora företag som förvisso inte betalade skatt, men som ett stort antal företagare fick fortsätta driva ändå, framförallt med anledning av det anseende som det stora företaget inte ville förlora.

Den dömande personen

Det var en gång en person som hade extremt lätt att döma. Efter att var morgon ha klivit ur sängen och lämnat sitt hem, kunde personen inte undgå sin ständiga tendens att döma andra människor på olika sätt.

Det gick alltid ut en granne genom sin ytterdörr samtidigt som den dömande personen. Grannen bar också alltid samma långa, mörkbruna kappa när han lämnade sitt hem.

Den dömande personen slog till direkt:
"Undrar om han alls har något under den kappan? Och när skall han klippa sig? Han kanske inte vill sköta sin hygien. Det är ett under att det inte är ett brott att vara så där ful. Han är säkert knäpp också. Och otrevlig. Är han ogift eller har han mördat sin fru?"

En halvtimme därefter hade den dömande personen kommit in till stan. Som om det inte vore nog med grannen, gick här ännu fler konstiga människor som den dömande personen, vad jag vet, var först med att döma.

Inte en enda min, en enda blick eller ens något enda sätt att gå på som, enligt den dömande personen, inte var som vanligt, kunde undkomma bedömningarna. Vid lunchtid tittade den dömande personen på alla andra i cafeterian och på mängden mat var och en hade plockat åt sig.

"Fy vad litet!" och *"Fy vad mycket!"* var två tankar hos den dömande personen som var mycket vanliga vid den här tiden på dagen.

Eftermiddagens timmar gick, och den dömande personen dömde folk i hemlighet efter hur de såg ut och vad de sa. Snart blev det kväll, och den dömande personen gick hem och lade sig där hen bodde, det vill säga överallt, eftersom den dömande personen i denna berättelse representerar oss alla.

Inspirerad

Ingvild Aksnes Rebnord gick en dag omkring ute i skogen för att hitta någon form av uppslag. Det kunde få vara precis vadsomhelst, tyckte hon, och det skulle få ge uttryck på vilket sätt det ville. Just den här dagen var Ingvilds sinne mycket öppet.

Hon hade kommit en bit in bland de höga träden när hon fick se en gigantisk bok som stod på marken framför henne. Den var tre meter hög, två meter bred och när hon öppnade den var den också synnerligen innehållsrik. Hon bläddrade bland sidorna, en efter en, och fick erfara kunskap som en människa sällan får. Hon blev mycket inspirerad av detta fenomen, dock utan att sedan ha några idéer om vad hon skulle ta sig till med inspirationen.

Men snart hade ett visst fotografi skapats av Ingvild, och gjorts uppmärksammad av sociala medier. Fotografiet föreställer en minimal människa i skogen, som bläddrar bland sidorna på en gigantisk läsebok.

Del 3: Övrigt

Jersey Boys @ **Chinateatern, Stockholm**

Det är ingen lätt uppgift jag tar mig an när jag väljer att skriva en recension om musikalen *Jersey Boys*. Det mest pådrivande problemet jag ställs inför - och dessutom med en ytterligare uppgift att försöka lösa det - är hur man skall hantera skiften mellan tidsperioder live på en scen inför en stor publik som kommit för att se allting där och då. Låt mig först få skriva av mig några rader om detta innan jag recenserar föreställningen.

För det första utgör teatern ett fantastiskt utrymme genom vilken man kan leka med tiden. Även en sådan kritisk och analyserande person som jag kan emellanåt vara kapabel till att hålla med den som påstår det, men det som i sammanhanget besvärar mig något är hur man kan vinkla denna möjlighet? Finns perspektiv överhuvudtaget? Ur min synvinkel ser jag två alternativ: antingen skriver man ett manus där alla händelser kommer fram i dialog och fysiskt skådespeleri, eller så låter man en karaktär på scenen föra en berättande monolog och ge publiken en någorlunda översikt på vad som händer.

Låt oss fundera lite kring dessa två. Det som blir problematiskt med att visa allting i vad jag här kallar för "fysisk" teater, är att föreställningen blir svår för publiken att hänga med i och i värsta fall väldigt långrandig. Men om man enbart gör en monolog av föreställningen, där endast en person står eller sitter på scenen och förmedlar en historia med bara munnen, hade förmodligen min s k recension slutat här. Just monologföreställningar ligger något utanför min vokabulär.

Det fina med *Jersey Boys* är att där har uppstått en fantastiskt bra och behaglig mix av båda de "alternativ" som jag tidigare beskrivit. Plötsligt kan man inte längre se *monolog* och *dialog/fysisk teater* som två olika saker som ställer dramatikern inför ett svårt beslut precis innan manus skall skrivas. Och för den delen, inte heller regissören ställs inför ett "antingen eller"-val innan skriven text skall bli verklighet. Fyra män i sina bästa år berättar alla varsin del om gruppen The Four Seasons och deras karriär – samtidigt som de, i gott sällskap av birollsinnehavare och dansande statister, gestaltar historien i rappa och oftast mycket komiska dialoger och scenisk gestaltning. Därtill kommer också en väl planerad scenografi med ett slags ställning som används till att bl a göra skillnad mellan inne och ute i inomhus- respektive utomhusmiljöer. Trappor till denna ställning används och justeras med jämna mellanrum under föreställningens gång, beroende på scen i handlingen. Den som sitter i salongen kan förvänta sig att skådespelarna, bokstavligt talat, rör sig en bit utanför scenkanten i denna show. Förväntar man sig dessutom ett gott karaktärsarbete och en bra regi, kanske det inte heller finns någon risk att man lämnar teatern besviken. Innehållet är avslappnat utfört och karaktärerna (för att inte säga skådespelarna) gör mig som en i publiken tryggt igenkännande i de flesta situationer som killarna ställs inför, även om jag personligen inte har någon egen erfarenhet av ekonomiska gänguppgörelser.

Det här är en väldigt bra föreställning, den framkallar såväl nostalgi hos den äldre som i huvudet kvarvarande låtar ur föreställningen som väl inte ger med sig på flera timmar efteråt. Vi får även ett personligt möte med var och en. **Tommy DeVito** (Peter Johansson), **Frankie Valli** (Bruno Mitsogiannis), **Bob Gaudio** (David Lindgren) och **Nick Massi** (Robert Rydberg) berättar tillsammans historien om musikgruppens karriär. Vi får även en uppföljning mot slutet av föreställningen, av ovan nämnda gestaltande ensemble av The Four Seasons. Alla har de en god kontakt med publiken. Och, sammanfattningsvis, görs arbetet med att föra berättelsen framåt på ett nyanserat sätt.

Helt apropå inget

Vissa dagar kan bli hur knäppa som helst. Min vecka började med att jag gick till affären för att handla, när jag såg en man med prydliga kontorskläder som talade med amerikansk accent i ett telefonsamtal. Han bar också på ett brett affärsleende och de vita sladdarna från hans hörlurar hängde fritt över den skjortbeklädda magen. Han lade upp sina varor vid kassan, men glömde uppenbarligen att lägga upp den avlånga klossen som skulle skilja mina egna varor från hans. Jag lade mitt på det rullande bandet och frågade honom om han bjöd, varpå jag helt plötsligt satt på seminarium i ett klassrum när två gubbar tittade in genom fönstret och gjorde grimaser. Jag rusade fram, öppnade fönstret och - som i bris på tillräckligt ordförråd - skrek åt dem att om de inte slutade med att göra munnar visste jag inte vad jag skulle hitta på, alltmedan jag såg dem rusa iväg på gångbanan. Jag gick tillbaka till bordet, satte mig och vi skrattade ett bra tag, allihopa, åt den originellt roliga situationen. När den dagen var slut, gick jag och lade mig – på samma gång som jag insåg att alltsammans var en dröm.

På teater ENSAM???

Att sätta en stämpel på folk är fruktansvärt lätt i vår nutid, speciellt i de fall då man har utvecklat sin nästintill fulla potential att tänka. Att sätta en stämpel på någon är fruktansvärt lätt oavsett var man befinner sig.

Första helgen denna månad (mars 2016), var jag uppe i Stokholm och såg en musikalföreställning på Chinateatern. Inget märkvärdigt, kanske de flesta tänker. Antingen har jag redan en vän där uppe i öst eller så tog jag med mig någon här ifrån västkusten att dela denna magiska helg med. Exakt, vad skulle tala för att min lilla vistelse i huvudstaden stack ut i mängden? Vad jag kan komma på skulle det förmodligen vara det faktum att jag är student. Tekniskt sett *borde* jag inte ha råd med sådana här nöjen. Men det har jag ändå, och vi finns faktiskt, vi som lyckligt lottade fötts in i en rik familj och ligger relativt långt över grundförutsättningarna för att kunna flytta hemifrån när vi vill, alltid få svaret "Ja, räntefritt" när vi frågar pappa eller mamma om pengar att låna till exempelvis en ny kappa eller liknande. I skrivande stund har jag reagerat på det nyligen nämnda i detta inlägg. Att vara en rik student sticker också ut i mängden, men det var inte det jag ville förmedla här så vi släpper det.

Vad jag vill komma fram till här, är att jag för det första inte var på teatern med någon kompis. Inte heller var jag på dejt. Jag hade inte någon av mina föräldrar eller andra släktingar med mig dit upp. Jag var där *ensam*.

Varifrån kommer alla blickar i (bak)-grunden? Kunde man se på mig vart jag kommer ifrån? Hur syns det, om det syns, att man är göteborgare? Nej, jag tror inte att det var detta som lockade ner blickar från gifta par i bänkraderna bakom min plats.

Men känner jag kanske någon som var med i föreställningen? Nej, absolut inte. Men jag är säker på att om jag hade gjort det, så hade det förmodligen fallit sig fullt naturligt att komma själv och hälsa på sin vän efter föreställningen. Jag förväntade mig inte heller att *få* sällskap under kvällsföreställningen eller eventuella festligheter efteråt. Jag gick inte ens och festade, jag tog en taxi och åkte tillbaka till hotellet. Efter lite dans och mimande framför spegeln på rummet gick jag och lade mig, nöjd med lördagskvällen.

Faktum kvarstår, för att inte säga att vi har föreställningen i behåll, att människan är ett flockdjur, och att man trivs ihop med varandra om man är fler än en på sammankomster av sådana här slag. Vem går ut och tar ett glas vin själv? Vem går och tar en fika på Avenyn själv? Efter att ha läst början på det här stycket förstår Du nog varför jag skriver en över femhundra ord långt text om huruvida man "kan" gå ut och ha roligt ensam eller inte.

Jag vet att Du nog kommer sluta att läsa om jag skriver att jag är en person som gärna *vill* vara ifred oftast. Därför skriver jag det inte heller. Att se det här fenomenet med att gå på teater själv som en del av en sorts fritidssysselsättning som på ett högre plan resulterar i en recension, en novell eller en dikt kanske låter lite mer nyanserat, fast något instabilt. Men hur reagerar Du om jag istället skriver att mina erfarenheter av olika nöjen kan användas till att tillfredsställa mig själv i framtiden, tillsammans med någon annan likasinnad?
Nu blev det tyst, minsann.

Det är faktiskt sant, ibland går jag ut och nöjer mig på ett eller annat sätt – på egen hand. Här väljer jag helt enkelt att vara ensam. Jag är inte deprimerad, mitt liv kan knappast bli mycket bättre än det redan är. Vad som tilläggas kan, är att jag – samtidigt som jag är för mig själv – har vad man skulle kunna kalla för en djup, nästan intim, relation till Gud. Det är framförallt honom jag alltid tackar för att han ger mig idéer om vad som skulle övergå mina förväntningar, och att det är han som låtit mig födas in i den gynnsamma situation där jag befinner mig idag. Rent ut sagt, när jag går på teater själv, gör jag det med Gud. Och tillsammans bygger vi en grund på mina erfarenheter av att gå på sådana här tillställningar, och jag får då lära känna mig själv och min smak när det gäller konstnärliga skapelser.

Erica Törnqvist

Inbillat Instagram-inlägg 1

[Selfie framför ett lägenhetshus på Avenyn i Göteborg]

Bildtext: *"Jag har aldrig tidigare upplevt det och vet inte om Du har tänkt på det, men känslan av att springa i en stad man håller så varm om hjärtat och stanna vid ett lägenhetshus där man vet att man snart flyttar in, är helt ofattbar."*

Jag har två saker i ett inlägg idag, jag tar dem båda i tur och ordning. Det första är att jag ibland får föreställningar i mitt huvud om Instagram- eller för den delen Facebookinlägg som, på något sätt, skulle tillfredsställa mitt behov av att uttrycka mig. Det här var ett sådant. Det andra är att den sista biten är sann. Idag skrev jag kontrakt och har alltså fått min allra första lägenhet! Den där löprundan kommer säkert lite längre fram, men att den blir av det lovar jag!

Ha en fortsatt trevlig vecka!

Inbillat Instagram-inlägg 2

[Bild på affisch med *Jersey Boys* på Gothia Towers i Göteborg]

Bildtext: ***"Blir alltid lika glad av att se det här!"***

Det var inte så längesen som jag ville publicera ett sådant här inlägg på Instagram. *Jersey Boys* är ju aktuella uppe på Chinateatern i Stockholm och den kommer även sättas upp i Göteborg. Dessutom blir jag väldigt glad av att se den affischen!

Inbillat Instagram-inlägg 3

[Bild på tiggare med pappersmugg utanför Systembolaget]

Bildtext: *"Är det bara jag som ser ironin i det här?"*

Med anledning av att det knappast är särskilt juste att skämta om tiggare, enligt min mening, så är det nog bäst om det här s k inlägget förblir inbillat. Men just i den stunden fick jag bara för mig hur udda situationen skulle bli om någon hällde exempelvis lite Rosévin i den där pappersmuggen...

Inbillat Instagram-inlägg 4

[I mataffären. Foto på toalettpapper vid samma hylla som mensskydden.]

Bildtext: *"Borde jag se någon logisk koppling i det här?"*

Med anledning av att jag inte fotograferar varorna när jag går i affären, förblir också detta inlägg inbillat. Och det är väl så det ska vara. Vad ska jag annars fylla ut det här stället med.

Inbillat Instagram-inlägg 5

[På bussen. Bild på två små skyltar, dels med informationen "Videoövervakat fordon", dels med bussens fyrsiffriga nummer.]

Bildtext: *"Över oss passagerare eller över chauffören som kör oss?"*

Jag har på det senaste läst mycket om hurdana oförsiktiga bussförare är nuförtiden. Därför är det heller inte helt tveksamt om det här faktiskt blir ett inlägg på Instagram så småningom...

561

"[Novellen som följer syftar till vad kultur-skribenten i En överraskande skribent faktiskt hade för innehåll i sen revolutionerande artikel som upprörde många. /.../" (Erica Törnqvist)

Av praktiska eller opraktiska, estetiska eller mindre estetiska skäl, ligger denna novell fortfarande och trycker i ett hemligt hörn, väntande på att få komma ut i offentligheten. Följaktligen blir det ingen novell denna söndag, däremot finns novellen som nämnts i ovanstående citat fortfarande kvar här på bloggen. Ha en fortsatt trevlig söndagskväll!

//Erica T.

Tillåt mig. Eller?

[En monolog framförd av en forskare vid universitetet som alltid tenderar att anpassa sig efter andra.]

Okej, det där var den absolut sista gången jag släppte fram någon vid dörren. Den absolut sista. Jag kan verkligen inte fatta vad det ska vara bra för, att själv stanna upp vid dörren och släppa in den man möter istället för att kräva sin rätt och - om man så måste – springa igenom dörr-öppningen för att inte hinna krocka. Den mötande kan väl stanna själv. Om hen inte gör det får man väl krocka. Då blir vi osams. Sedan stoppas det lilla slagsmålet. Allt blir som vanligt igen och personen jag egentligen skulle stannat för kanske lär sig att jag är en person, minsann, som man *släpper fram* i första hand. Jag kommer bli respekterad av alla på den här institutionen. Vilken dröm!

Men mitt i allt finns jag bara som en lätt-

tillgänglig och hjälpsam lärare som
tvingas le tills mungiporna ömmar.

Andlig storhet

Hur stor är Gud, när jag tänker på det?
Hur stor är Gud, när jag inte tänker på
det?

Han är ofattbar, som en stor skål, med
botten, kanter och inget tak.
Nej, vem försöker jag lura? Den som
mäter Gud rätt liknar honom inte vid en
skål. Den som mäter Gud rätt medger att
Gud inte går att mäta.
Herren är inte den stora skålen, han är
vattnet som i all oändlighet hälls upp i
den och låter sig svämma över.

1 sak du inte visste om Erica Törnqvist

Det här är en lista på en sak du som aldrig träffat Erica Törnqvist inte visste om Erica Törnqvist.

1. *Att hon finns.*

Detta är det mest troliga att du som aldrig träffat Erica Törnqvist inte visste om Erica Törnqvist. I vår tid är det visserligen fruktansvärt enkelt att bevisa sin egen existens med hjälp av sociala medier, videoklipp och foton. Men hur vet man att Erica Törnqvist finns utanför sitt Instagramkonto eller profil på Facebook? Det vet man inte, såvida man inte har träffat Erica Törnqvist i verkligheten.

– Erica Törnqvist

Stjärnorna på himlen

De är många. Tätt intill varandra befinner de sig, varken i stående eller liggande läge, i en stor rymd som blott existensen själv kan ge sina mått på. Stjärnorna går inte att nå. De är långt borta, ingen vill heller att man tar på dem. Men vi ser upp mot dem och talar fint om varandra. Vad är en stjärna? Egentligen: något som är långt bort, tätt intill alla andra av sin egen personlighet och karriär. Alla vill komma nära, men rör man vid stjärnan bränns det. De är många, i en stor rymd av skvallertidningar och TV-kameror. Oändligheten finns där, men aldrig lever stjärnan ett alldagligt liv. Och dem med talang, kallar vi för stjärnor. Vad vill vi säga, egentligen?

Dagtid ser man dem inte, då ett annat slags ljus kommit för att ta över. Ett ljus som snarare låter de alldagliga problemen uppenbara sig.

Jag publicerar inlägg – när jag vill

Det har i skrivande stund gått lite mer än en månad sedan jag publicerade något skönlitterärt på den här bloggen. Det har i skrivande stund gått lite mer än en månad sedan jag publicerade något över huvud taget på den här bloggen.

Sedan april förra året har jag skrivit regelbundet och publicerat inlägg på Konstnärliga Tankar på bestämda tider. Somliga perioder har inspirationen flödat då jag knappt kunnat lägga ner pennan innan nästa idé dykt upp i huvudet. Och under somliga perioder har absolut ingenting kommit till min kännedom som sedan blivit nerskrivet och publicerat.

För tillfället är jag inne i en sådan period där jag tycker att jag redan läst bibeltexterna innan och därmed skrivit något som anknyter till dem. Jag skriver fortfarande, men skillnaden är att ingenting har blivit publicerat här sedan efter inlägget den 6 juli. Jag har också kommit fram till att skönlitterära blogginlägg gör sig bäst i att skrivas och publiceras när jag känner för det. Publiceringarna kommer att ske i vanlig ordning, onsdagar och söndagar. Men inte lika ofta. Jag publicerar helt enkelt inlägg, när jag vill. Detta för att se till kvaliteten på texterna i första hand, istället för kvantiteten.

Jag kan också tillägga att jag ger ut en ny boktitel den 28 oktober i år. Förmodligen blir det min sista publicerade bok FÖR I ÅR, måste jag bara få understryka! Därefter ser vi fram emot ett nytt år med nya, spännande bokprojekt som blir utgivna. Boktiteln det är frågan om heter *Inte helt hundra: första året på ny plattform*. Denna titel kommer att innehålla alla blogginlägg som finns med här och som jag skrivit sedan oktober 2015 när jag startade Konstnärliga Tankar på den här plattformen.

Och nu på fredag (12 augusti 2015) kommer den nya upplagan på min första boktitel, *Att vara med: en samling dikter, berättelser och monologer*. Nytt utseende på omslaget, ny struktur i texten – samma innehåll!

Trevlig läsning!

Erica Törnqvist